KB092766

목 메인다, 백두산아!

신 현 득   제9국민시집

...드는 앞산, 해 지는 뒷산이 모두 백두의 연봉이다. 그 기슭에 집짓고 마을을 이루고, 백두산이 펼쳐놓은 앞, 뒷들에다 씨앗을 가꾸며 살아왔다. 백두산이 내린 ...이요, 농법이요, 농구다. 백두에서 시작된 언어로 뜻을 모으고, 그 언어로 질서를 정하고, 역사를 가꾸면서, 이 강토를 탐내는 도적을 막아 왔다. 내가 선 자 ...내 앉은 자리, 내가 누운 내 집터가 모두 백두의 자락이요, 백두산 흙이요, 백두산이다. 백두산족 우리도 하나씩 백두산 봉우리요, 백두산이다. 우리에게는 백 ...에서 태어난 기쁨이 있고, 백두산을 가꾸는 기쁨이 있고, 생을 마친 뒤 백두산에 묻히는 기쁨이 있다. 그러한 백두산족 우리가 백두산이라면 왜 목이 메이나? ...다 내리치는 분단의 고통은 있지만, 그 대답에는 입이 없기 때문이다.

목 메인다,
백두산아!

대양미디어

백두산이라면, 왜 목이 메이나?

신 현 득

우리는 백두산에서 살고 있다.

해 뜨는 앞산, 해 지는 뒷산이 모두 백두의 연봉이다. 그 기슭에 집짓고 마을을 이루고, 백두산이 펼쳐놓은 앞, 뒷들에다 씨앗을 가꾸며 살아왔다. 백두산이 내린 씨앗이요, 농법이요, 농구다.

백두에서 시작된 언어로 뜻을 모으고, 그 언어로 질서를 정하고, 역사를 가꾸면서, 이 강토를 탐내는 도적을 막아 왔다.

내가 선 자리, 내 앉은 자리, 내가 누운 내 집터가 모두 백두의 자락이요, 백두산 흙이요, 백두산이다. 백두산족 우리도 하나씩 백두산 봉우리요, 백두산이다.

우리에게는 백두산에서 태어난 기쁨이 있고, 백두산을 가꾸는 기쁨이 있고, 생을 마친 뒤 백두산에 묻히는 기쁨이 있다.

그래서 백두산이라면 목이 메인다. 그 위에 분단의 고통을 메고, 지고, 헐떡이면서도 소리칠 입이 없으니─.

세사에 어줍은 스승이 〈백두 연작〉을 상재한다는 소문을 듣고, 글벗 제자들이 그림 하나씩을 그려, 축하해주었다. 스물아홉 후배 제자들이 고맙다. 신세져온 대양미디어 서영애 사장님, 정영하 편집국장님께도 고마움을 표해 둔다.

우리나라 4352(2019)년 6월 7일

새벽 2시에

차례

제3부 백두산 며느리

제1부

우리의 시작, 백두산

진아난

우리의 시작, 백두산

신시의 아침에
한배검, 신모神母 비서갑 앉으시고,
무리 삼천, 한 가족이 어깨 걸고 둘러앉았다.
번쩍이네.

아침을 나라 이름으로, 삼백 육십 지킬 일을 정하고
가족이요, 우리 백성이 여기 있음을
우러러 고하고 나니

위로는 하늘 음성이 들리고
아래로 백두 흰 마루가 든든히 받쳐,
이 한때가 영원 위에서 놓이는구나.

너희는 천손이요, 수신의 외손.
서로를 따뜻하게 하라!
서로의 마음을 귀 기울여 듣고, 기뻐하라!
그 말씀 번쩍이네.

귀를 연 초목이, 뿌리로 듣고 있구나.
동맥이 뛰는 바위가, 둘러앉아 듣고 있구나.
이 말씀이 땅에 스며
억천년 우리 시원한 물맛이 될 것이니.

우리의 시작,
번쩍이는 백두산!
우리는 백두산족!

＊ **한배검(大皇神)** : 단군을 공대하여 부르는 말.
＊ **비서갑(匪西岬)** : 단군의 황비, 수신 하백의 공주
＊ **신모(神母)** : 비서갑 할머니의 존칭

〈동인지 『이 한세상 17집』(2015)〉

백두산에 이어진 것

백두는 우리 땅 한 가운데다.
동남서북, 벋은 산줄기. 그래서
어디서나 백두산.

고구려의 장백 · 흥안령.
남으로 삼천리는
마천 · 개마 · 낭림 · 태백 · 소백….

바다를 헤어 가,
탐라에서 솟아난 한라봉까지.
백두가 벋은 팔이다 그래서
어디서나 백두산.

백두지맥이 들판을 펼쳐 놓고
강물을 거두어 젖줄을 댄다.
요동벌에 요하.
부여를 끌어안은 송화강 오천 리.

구려句麗를 길러준 압록수.
백제를 살찌운 아리수.
신라의 힘이 된 낙강수!

끌어안은
산줄기, 강줄기 들판에서
꽹과리 울리는 풍년을 들이고

그 위에 기쁨
그 위에 웃음을 편다,
모두가 백두산에 줄기를 대고.

〈동인지 『이 한세상 17집』(2015)〉

우리 집, 놓인 자리

마당을 쓸면서,
백두산 아침을 맞는다.

외양간에서 소를 몰아내고,
뜰에 나서면,
백두산에서 뜨는 해.
아침나라 따스운 해님.

그 해님이, 곡식 포기와
하나씩, 꼭꼭 손을 잡는다.
그 해님 손길이
숲을 쓰다듬어 키운다.

우리 집 놓인 자리가
백두산이다.
장독간 자리가 백두산이다.

백두산 위에 놓인
아내의 부엌.

백두산 위에 놓인 설거지통.

백두산 위에 놓인 강아지집.
백두산 위에 놓인
오늘 내 일자리!

〈동인지 『이 한세상 17집』(2015)〉

2019. 2. 11

정다운 우리 마을

백두산에 이어진 우리 뒷산에서
백두산에 이어진 우리 마을을 본다.

울과 담이 손잡았다.
집과 집이 손잡았다.
논과 밭이 손잡았다.
숲과 숲이 손을 잡았다.
정답네.

집집마다 대추나무 한 그루.
뒤란에는 감나무.
둘레에는 뽕나무
제들 끼리 정답네.

집집마다 외양간.
어미소와 송아지.
우리에는 꿀꿀이.
마당에 꼬꼬닭.

한복판에 마을 우물
우물곁에 향나무.
조로록 물동이.
정다운 이야기들.

서산에 해 기울자
집집마다 저녁연기.
정다운 연기.

〈2015. 6. 23(화). 새벽〉

2019. 2. 11

백두산 온돌방

백두지맥 마을 뒷산에서 뜯어낸
백두산 지층 몇 조각으로,
구들장을 놓고 방고래를 텄다.

내 지게로 져 나른 백두산 장작으로
군불을 지피면
백두산 지층이 달아서 뜨습다.

여기에 솜붙이 이불을 깔면
아랫목은 삼동, 할매 자리다.
할매 돌리는 물레 한 채가 웃목에,
시렁에는 조로록 메줏장.

어매가 주인인 안방도
백두산 지층을 놓은 구들.
베틀이 놓여, 사철 이어 베틀 소리.
그 소릴 자장가로 잠자는 아기.

쇠물솥이 걸린 사랑방도
백두산 지층을 놓은 온돌방
목침 여럿 뒹굴고, 가운데에 놋화로….
사랑방은 할배 차지다.

노인들 모임청, 여기는
담뱃대, 돋보기가 같이 모인다.
"방이 뜨시네."
오는 할배마다 아랫목을 짚어보고
대꼬바리 땅땅, 화롯전에 담배를 턴다.

백두산 온돌방 여기서
동네 소문이 시작된다.
어느 댁 아들이 효잔가?
어느 집 며느리가 효부인가?

〈2015. 6. 24. 한국시낭송회의〉

효도, 충성 이름 짓기

백두산 첫날에 둘러앉듯이
할배, 할매 모시고 자리에 앉는다.
이를 가족이라 이름 지었다.
할배 곁에는 아기가 앉는다.

앉는 자리 이걸 차례라 했다.
위에서 내리는 사랑.
아래에서 위를 모심을
효도라 이름지었다.

음식 앞에서 어른이
먼저 수저를 든다.
백두산 예법이 그러했다.

별식은 맛이 있어 위로 올리고,
위에서 아낀 것을 아래로 내린다.
백두에서 시작된 가족 사랑.

이 자리를 넓히면 나라라는 큰 가족.
위에 큰어른 나랏님이 앉으시고,
아래에 백성이 식구로 둘러앉는다.

나라 일에는 나라 어른이 먼저
눈물을 보이고
백성이 감동으로 마음을 다진다.
이를 충성이라 이름지었다.

〈2015. 1. 29(목). 늦은 밤〉

백두산 효도의 꽃

번쩍이는 행실.
효도보다 더 큰 보은이 없다.
효도보다 더 큰 사랑이 없다,
백두산에서 시작된 크고, 아름다운.

좋은 음식에서 어버이 생각.
따스운 의복에서 어버이 생각.
곡식을 가꾸면서 어버이 생각.
익는 과일에서도 어버이 생각.

언어 예법에서
상대부모 안부를 먼저 묻는다.
생각 앞에 부모를 둔다.
부모의 부모를 그 앞에 둔다.
어버이 뜻을 어기지 않는다,
조상을 잊지 않는다. 기일을 잊지 않는 것도.

빠뜨려선 안 될 것.
잊어서는 안 될 것.

마음에 지녀야 할 것.
그래서 이걸 행실의 앞쪽에 두었다.

찬양하라! 하고 돌에다 새겼다.
역사서에서 효행편을 두었다.
가문의 자랑이었다.
오래, 이야기가 남아 전설이 되기도.

백두산에서 시작된
효도의 꽃!

〈2016. 7월 서른날(토). 밤〉

백두산 제비 얘기

충청 · 전라 · 경상도 어름, 백두의 산자락.
여기가 홍부네 주소다.
을축생 연홍부는 아직 주민번호가 없다.
수숫대 오막집이라서
호별세 · 재산세도 없구나. 그래도
제비 물어 온 박씨는 싹이 텄다.

수숫대 오두막도 백두산에 이어진 집.
처마 끝에 참새 집.
처마 밑에 제비 집.
작지만 요것도 백두산에 이어진 것.

참새 말, 제비 말 다 알아듣는
홍부네 백두산 가족도
강남서 돌아온 제비 말에만 귀 기울인다.

부엌 앞에 절구통이 그대로네.
"찌찌 뽀로록."

부엌간 살림에 바가지 몇 개 늘었군.
"뽀로록!"

부지런에서 복 오고,
착한 데서 복 온다는 건
백두산에서 온 말씀이다.
얼마 뒤 그 말씀이 '흥부전'이 될 거란다
"찌찌 뽀로록!"

착한 맘으로 찧고 빻고 하면
어디서나 복은 오는 것.
강남제비 날다 주잖아도 복은 오는 것,
"콩다콩 콩다콩!" 절구 소리만 좋으면.

〈2015. 6. 26(금). 아침〉

할아버지 사랑의 손

할아버지 눈으로 보면
귀엽네 9천만!
이름을 다 알고 계셔.
이름만 아시는 게 아냐.
하나하나, 모든 걸 다 아셔.

"그 애는 발톱이 아주 예쁘지."
"그 애는 뒤통수가 예쁘게 튀어나왔어."
할아버지 아시는 게 이 정도야.

"괜찮을 거야."
"그래, 도와줄까?"
목소리 하나하나에 보내는 대답.
그러면서 할아버지는
4천 5백년을 같이 살아오셨지.

많은 손 아니야, 두 개 손으로.
많은 눈 아니야, 두 개의 눈.
그래도. 한꺼번에 모두를 쓰다듬으셔.

한꺼번에 우릴 다 살펴서.
한꺼번에 목소릴 다 들으셔.

사랑의 손.
사랑의 눈.
사랑의 귀.
우리 할아버지.

〈2016. 3. 13(일).〉

차영미

2018. 5. 4

홍익인간 그 말씀

백두산에서 시작된 말씀
"널리 인류를 이익케 하라, 그 이웃까지!"
'홍익인간弘益人間' 한 말씀.
쩡 쩡, 백두산을 울리던 말씀.

그 말씀 덩굴이.
형제에서 이웃으로, 마을로
거기서 나라, 또 거기서 인류로 벋어.

한 가지를 들면 사랑이군.
한 가지를 더 들면 인류 사랑이군
"나는 '근면' 이란 말씀으로 들리는군."
"이건 끈기라는 말씀이야."

그 말씀 덩굴이 벋어 가다가
덩굴 끼리 만나면
"우리는 한 몸이다. 그지?"
서로 묻고, 묻는다.

그러다가 그 말씀 끝이
인류의 손과 발, 어깨에 놓인다.

열 번을 봐도 그렇다.
홍익인간 그 덩굴 벋는 곳마다
할 일이 놓여 있다.
말씀대로 했더니 일용양식이 되는군.
말씀대로 했더니 즐거움이 놓이는군.

그래서 우린, 그 말씀이 시작된
백두산 여기서 산다.

* **홍익인간(弘益人間)** : 단군의 건국이념으로서, 우리나라 정교(政敎)의 최고 이념임.

〈2015. 7. 15(일).〉

천부인을 찍어라

천부인天符印은
하늘에서 지니고 오신
할아버지 옥도장 세 개다.

우리가 천손天孫이라는 것
우리가 하나라는 것
우리가 곧 평화라는 것
하늘 뜻 셋을 새겨 두었다.

신시神市의 첫날에 차려 놓고
하늘에 고한 것.
백성에게 보여준 것.

보이지? 풀잎에, 나무에
우리 것이면 모두 찍혀 있다.
찍힐 때마다 소리가 났지.
"똑, 홍익인간!"
"똑, 홍익인간!"
그 소리라.

고구려, 발해 땅….
우리 흙에 우리 씨앗에
찍고 찍은 옥도장 세 개를
우리 소원 모두를 들어주던 옥도장을

할아버지가
땅에 묻고, 바다에도 묻어 두셨다.
끔찍한 우리 재산. 이걸 찾아서

우리 이 혼탁한 마음에다
근심에다 찍어라.
맑아질 거다.

우리 통일에다
크게 찍어라, 찍어!

〈항동북공정(抗東北工程) 시집 『동북공정 저 거짓을 쏘아라』(2013)에서〉

삼팔선 긋기
— 45년 어느 날 이야기

힘센 자는 그런 짓 해도 된다.
만세 소리 나는 땅에 삼팔선 긋기.

들판이거나 학교 마당이거나
남의 안방 장농 밑으로 경계선을 그어도
곧게만 그으면 된다.

역사가 눈을 흘기며
"20세기의 죄악이다!" 하고
외치거나 말거나
여기까진 네 차지.
여기부턴 내 차지.
곧게만 그으면 돼.

남의 나라야 나누어지거나 말거나
한 고을이 두 쪽 나거나 말거나
한 마을이 두 쪽 나거나 말거나
한 가족 앉은 자리가 나누어지거나 말거나

하나의 학교가 남북으로 쪼개져도
곧게만 그으면 돼.

마당 끝으로 경계선이 지나고
장독대 복판으로도
외양간서 쉬던
송아지 등때기 위로도
경계선이 그어졌다.

전쟁이 되거나 말거나
몇 백만 쓰러져 죽거나 말거나
피로 강물이 되거나 말거나
전쟁고아 수십만이 생기거나 말거나다.

〈동시집 『고향 솔잎』, 1997〉

우리의 심장

압록강 한강이
만나는 자리
우리 하나씩 가진
가슴 주머니.

동해와 서해
한자리에 모인
우리 하나씩 지닌
가슴 주머니.

바다에 경계를 그어놓아도
소금은 어디서나
피에 스민다.

육지에 경계선을
그어 놓아도
물은 흘러서
만나고 있다.

흘러서 고인
가슴 주머니.

제2부

백두 들판에 씨앗 묻기

백두 들판에 씨앗 묻기

삼백예순 마련에서 주곡主穀을 앞세웠다.
"들이 넓구나! 먹고, 입는 데에 넉넉하겠군."
할아버지가 백두산 아래를 둘러보며 하신 말씀.

신시의 어느, 봄 오기 전날.
할아버지는 하늘이 내리신 씨앗을 들어 보이고.
이걸 땅에 묻는 자를 농부라 이름하셨다.
"농부야, 백두 속살에다 씨앗을 가꾸어라!"

고시高矢를 농상農相에 두고
"이것을 고루…."
여기까지만 이르셨지.

백성의 손에 씨앗을 나누면서 고시는
오곡 이름을 일러줬지.
"이건 벼요. 이건 보리요. 조, 콩, 기장…."
오곡 뿐 아니었지, 논밭에 심을 것 모두.

달구고 두드려 만든, 철기가 있었지.
백두에서 시작된 괭이와 낫.
소 힘으로 흙을 일구는 쟁기.

백두산 아랫들판이 3천 리,
북으로 9천 리다.
씨앗을 뿌리면서 흥얼흥얼 가락을 곁들여라.
"그래야 농사가 흥겹지." 할아버지 하신 말씀.

신시의 제단에 올리던 가락이
모내기 한 철에 어울리는 농악이라.
"캥자 캥자, 얼씨구!"

〈2015. 1. 17(토). 밤〉

나랏님도 백성의 한 몫

할아버지 이룬 나라는 왕립 공화국.
공화국이라,
왕의 소유를 따로 두지 않았지.

백성에게 들판을 나눠 주고,
논밭에 농사를 짓게 했지만
왕도 백성의 한 몫.

백성은 모두 일하는 농부.
나랏님도 일하는 농부.
무엇을 심던, 소유자의 자유다.
나라가 하나의 농장이었지.

소도 한 마리씩, 나눠 길렀지.
말도, 돝도, 염소도 나눠 길렀지.
한 집에 몇 마리
한 마을이면 몇 백 마리.
한 고장, 한 나라가 커다란 목장.

집집마다 물레가 있었지,
실을 뽑는 손기계.
집집마다 베틀이 있었지.
베를 짜는 손기계.

물레 소리는, 윙 윙….
베틀 소리는, 딸가닥 딱딱….
길쌈하는 집마다 작은 공장.
왕립 공화국은 커다란 공단.

〈2018. 2. 3(토).〉

백두산 자락에서 들 가꾸기

백두 자락에서 흐르는 물길에
논을 뜨고 봇물을 댄다.
튼튼한 모 포기를 줄 맞춰 심었지.
할아버지 가르침대로.

흙이 풍기는 향기 봐가며,
이 흙에는 콩을 심어야.
이 밭에는 조를 심고, 이 흙에는 마늘을….
할아버지 가르침대로.

콩밭에서 콩 솎기
조밭에서 조 솎기.
논매기
밭매기.

크는 곡식, 초록 곡식 매 가꾸러
농부와 연장가락이 같이 나섰다.
백두산 자락에서 들 가꾸기.
"어허야 디야!"

초록이 익어서 노란 열매
조롱조롱 조롱조롱, 흔들리는 열매.
한 포기씩 익어서 논밭 가득.
한 뙈기씩 익어서 한 들판 가득.

"어허야 디야⋯."
풍년 바람.

⟨2018. 1. 18(목).⟩

백두산족 모두가 농민

힘을 대신하는 소를 길러 가족을 삼았다.
동방청제東方靑帝를 시켜
외양간 지기 지신地神으로 있게 했다.

계절의 질서에 맞춘 씨뿌림.
스무 넷 절후의 차례로 가지 벋고 씨가 여문다.
온 나라, 온 백성이 가꾸는 논밭에서
하늘, 땅이 정확히 절후를 지키는군.

백두산이 펼쳐 놓은 들판이 기다린다.
쇠죽 뜨습게 먹이고, 바지게에 연장을 얹고
농요가 어우러진 들판으로 나선다.
앞서 가는 소가 큰 농민이다.

백두산 한 녘을 가꾸는 재미.
이 재미를 자식에게 물려줄 거다.
백두산족 모두는 농민이다.

산은 수목을 가꾸는 농민,
산새는 아기새를 치는 농민.
일하는 벌레, 개미까지
한 나라에 어우러진 농민이다!

구름과 바람도
농민으로 어우러졌다.
하늘 땅이 모두 농민. 그래서
농자천하지대본農者天下之大本!

* **청제(青帝)** : 동쪽을 지키는 지신. 농력(農力)을 가진 소의 거처를 중요한 방향에 두
  고 청제지신이 지키게 했다.

〈2015. 2. 1(일).〉

논둑에는 논둑콩

벼는 발끝을 물에 담그고 자라는 곡식이라
높낮이 없는 땅, 물속에서 가꿔야.
둑을 쌓고 물을 대어야 한다. 이를
이름 지어서 〈논〉과 〈논둑〉이라 했다.

흐르는 냇물을 막고 이를 〈보〉라 하고.
보에서 논으로 가는 물길을 〈봇도랑〉이라 했지.
봇물은 윗논에서 아랫논으로 흘렀지.

부지런한 백성이 논둑을 논흙으로 바르고
여기에도 곡식 씨를 심었으면 했다.
"좋은 생각이구나."
할아버지가 콩씨에서 잔 것을 골라 내리면서
〈논둑콩〉이라 이름지으셨다.

한여름 낮이 젤 긴 날을 〈여름마루夏至〉라 하고
이날 전까지 모를 내도록 했다.
어울려 일하면서 농요도 어우러졌거든.

"한가위까지는 열매를 익혀라!"
할아버지 말씀을 아니 듣는 곡식이
한 포기도 없었지,
할아버지가 이름 지은 논둑콩인 걸.

＊ **여름 마루** : 하지

〈2015. 1. 서른하루(토)〉

이 명희

할아버지와 콩

백두산에서 온 콩 씨앗.
거름 없이도 콩밭에 줄지어 잘 큰다.
뽀얗고 동그란 콩알, 백성의 영양!
뽀얗고 둥근 콩알이 구르다가…

장작불 단 솥에 달달 볶여, 볶은 콩 됐다.
"뽀드득! 아이 꼬시다!"
꼬마들이 바가지에 담고 다니며 먹는다.

콩이 물을 먹으면 몸이 부푼다.
맷돌에 갈려 두부가 되지.
두부구이에는 막걸리!

막걸리로 마을 잔치다, 두부로 안주하고.
온 마을이 같이 취할 때
콩고물에 뒹군 찰떡이 나오지.
"이것도 콩일세." 콩고물 찰떡을 먹고 있는데

행인 차림으로 지나던 단군 할아버지가 이번엔
보름달을 데리고 와서
"나도 한 잔 다오."

술을 청해 마시고 단군할아버지도 취하셨지.
두부 안주에, 콩고물 찰떡도 맛보시고,
"백두산 콩에 상을 줘야겠어." 하시더니

데리고 온 보름달을 밤하늘에 걸어놓고
"달아, 놀이를 흥겹게 해 줘라."
그리고 이웃마을로 훌쩍 가셨어.

〈2015. 1. 27(화). 0 : 10〉

된장 나라, 된장 할머니

백두산 콩이 맛있는 된장 되려면
백두산에서 내려오신 할머니 솜씨가 있어야,
비서갑, 된장 할머니.

"애들아 디딘 메주는 온돌방으로 모셔라."
뜨는 메주가 뿜어대는 가정의 향기.
"메주야. 잘 뜨니?"
할머니가 타이르지 않음, 잘못 뜰 수도 있지.

할머니 가르침 아니었음
장독이 없었을 걸.
된장에서 간장을 받아내지도 못했을 걸.
된장에서 배워 고추장도 만들지 못했을 걸

장독이 넉넉하게 배부른 이유가 있지.
"끼니마다 온 식구 먹는 거다. 셈을 잘해라."
할머니 그 말씀에 된장독이 불룩해진 것.

장독을 타이른 비서갑 할머니가
제비 오는 삼질에 맞춰 된장을 담게 했지.
그 날부터 맛이 드는, 착한 된장.

된장, 된장국, 된장찌개, 된장 된장….
집집마다 된장 담는 어머니들
집집마다 비서갑 된장 할머니다.
건강한 우리 백성,
건강한 된장 나라!

〈2015. 1. 28(수). 늦은 밤〉

아버지는 왜 아버지인가?

해 뜨기 전에 먼저 나서서 씨앗을 뿌린다.
거기서부터 아버지는, 아버지다.
괭이로 지하수를 파고,
삽으로 대지에 물길을 연다.

곡식 포기는 줄기보다 뿌리를 가꾸려 한다.
포기들이 주고 받는 말에 귀 기울인다.
계절의 빛깔로 자연을 알아듣는다.
그 자리에 내 가족과 내 인생이 있음을 본다.
여기서 진짜 아버지다.

세전世傳의 이랑에 호미질을 하다 와서
외양간 모서리에 호미를 걸며,
씨앗이, 그 이름이 어디서 왔지?
우리가 벋어온 길이 어디서지?
근원을 캐는 데서 넉넉한 아버지다.

집안 대수를 영글게 세어 보이고
지녔던 조상의 유언을 읽어 들려주다가
당신의 유언을 곁들인다.

영글게 가족의 몫을 놓고
재산이 무엇인가를 가르치다가
바깥에 인기척이 나면
담뱃대로 밀어 사랑방 문을 열고

"누구로?"
목소리 한 마디가
문지기의 그거다.

그래서 아버지는 아버지다.

〈2016. 7. 6(수).〉

심기만 해선 안 돼

심기만 해선 안 돼.
씨앗 모두가 할아버지 손을 거쳐
백두산에서 왔다는 걸 알아야 농부다.

여기가 백두산인 걸 믿고 싹트는 씨앗.
싹트는 씨앗이 얼마나 낑낑대나?
제 몸 수십 배를 어영차, 밀어내고
초록 싹이 나오거든.

"너는?"
"너는?"
이름을 서로 부르며 골을 지워 크는 씨앗.
백두의 땅이라 맘 놓고 뿌리를 뻗는다.

호미 끝과 오곡이 얼마나 친한가도 알아야 농부지.
흙과 작물이 얼마나 많은 물을
얼마나 맛있게 마시나도 알아야.
촉촉한 땅에서 맛나게 물마시고
햇빛과는 어떻게 속삭이나를 알아야 해.

"힘 내거라!"
곡식 포기에 손뼉을 쳐주는 게 농부야.
"흙아 고맙다!"
그 소리 해주는 게 농부라.

그래야, 백두에서 일어난 구름이 와서
들판에 단비를 뿌려주거든.

⟨2015. 1. 1(토). 밤⟩

吳 順子

짚을 알아야

짚을 알아야 백두산 농부다.
"열매 떨고 남은 짚, 버릴 게 없다."
시조 할아버지에서 시작된 말씀!

많은 새끼 꼬아서 새끼사리를 쌓아 둬야
넉넉히 쓴다, 짚이다.
초가지붕 용마름, 이엉이 짚이다.
곡식 담을 큰 그릇, 섬이 짚이다.
섬을 쌓으면 노적.
노적가리 한 둘은 있어야 행세가 된다.
할아버지 그 말씀 맞네.

비오는 날 도롱이, 소먹이 꼴망태,
소쿠리, 계란 꾸러미, 꼬꼬 알자리가 모두 짚.
장독 춥잖게 치마를 둘러 입히는 짚.
외양간 추위를 둘러막는 데도 짚.
한 해의 소 양식, 쇠여물이 짚이다.

초당방에서는 겨울 한 철
짚으로 예술을 쌓는다.
둘러앉을 큰 자리, 멍석을 엮는다. 짚이다.
솜씨 좋게 만드는 그릇, 봉새기도 짚이다.
작은 그릇, 큰 그릇이 모두.

짚신을 삼아서 몇 축을 걸어 둔다.
짚신이 넉넉해야 산에도, 장에도 다니지.
"지푸라기 하나가 재물 쌓기 시작이다!"
할아버지 말씀 맞네.

버릴 게 없는 짚.
짚을 알아야, 백두산 농부다!

〈문학의강 2015 가을호〉

천지의 물

백두산 장백폭포 아래에서 조금 내려와
지붕 낮은 집에서 점심을 들었는데
천지 물로 지은 밥이라는 말에
충격이 왔다.

천지의 물을 먹고 자란 배추.
천지 물을 마시고 자란 마늘, 그 고추를 넣은
맵싸한 김치.
김칫국물까지 천지의 물이라네.

나는 천지를 보러 수천 리
분단 북부를 돌아서 왔는데,
여기서는 자작나무, 여기서는 소나무, 낙엽송 · 전나무,
딸기 덩굴까지, 잡초까지,
산짐승 · 산새 · 딱정벌레까지,
앉고 서서 백두산을 마시고 사는군.
할아버지 마시던 물.

내가 비운 소주병에
역사가 녹은 천지 물을 담아,
마개 쳐서 갖고 갈까 봐.

마을 사람에게 한 방울씩.
우리 쇠죽솥에도 한 방울.
우리 가꾸는 텃밭에도 한 방울만.
나머지를 식구들이 한 방울씩만.

"천지의 물 마셨다!" 하고
자랑이 두 바가지 될 걸.

〈抗동북공정 시집 『동북공정 저 거짓을 쏘아라』 2013〉

제 3 부

백두산 며느리

아버지 나신 자리

내 태어난 자리가
아버지, 할아버지
나셨던 자리다.

이 자리가
고려, 고구려, 부여에 이른다.
신시의 그 자리다.
웅녀 할매 모태에
우리 구천만이 점지돼 있었던 것.

내 아기도 그 자리서 났다.
우리는 백두산족
하나의 가족!

내 지닌 것이 아버지 물림.
할아버지 지니셨던 모두가
오늘, 내 소유다.

아버지 뼈와 살이

백제, 부여, 신시의 것이었듯이
나도.

신시의 언어로 된
360 마련이
나에게 와 있다.

내 소유 모두가 할아버지의 것이요,
신시의 것.
그래서 나는 백두산족!

〈2015. 7. 5(일).〉

우리의 눈물

백두산족은 가슴이 끓어야
눈물이 난다.
그러한 눈물도 흘리지 않고
가슴에 쌓아 둘 뿐.

만주벌 구천 리를 잃고도
쌓아만 두었던 눈물.

망치로 때려야 부숴지는
눈물의 지층이 그거야
백두산의 가슴 모두가.

그것이 역사의 풍화로 부서져
이 들판 삼천리의 흙이 됐다는 걸
알겠니?
이 강토의 흙, 모조리야!

모조리 그런 흙에
사랑의 손으로 씨앗을 심으면,

씨앗을 꼭꼭 안고 싹을 틔워주는 흙.

꽃 피어 있을 동안, 열매 익을 동안
사랑의 바람이 와서
살랑, 나부끼게 해 줄 그때도

뿌릴 꼭꼭 잡고 있는 이 흙이
우리 눈물로 된 것 아니고 뭐겠니?

⟨2018. 2. 9(금). 밤 1시⟩

우리의 발복

조상을 땅에 묻으면 복이 온다고?
묻기만 해서 되는 건가
지은 것이 있는 조상이야지.

우리 이만한 모습으로
우리 이만한 재주로 사는 것이 모두,
복 지은 조상님 덕분이지.
신시에서부터 조상을
백두 자락에 묻어온 발복이라.

고맙고 고맙지.
좌청룡 우백호左靑龍右白虎가,
좌향이 조금 틀려도
백두 자락이면 어디서나 복이 온다.

그래서, 골목에는 귀염둥이 아기들.
그래서, 쏟아지는 메달이요 환호다.
조상 음덕이지.

여기에 우리 지은 공덕이 더해 있어

이 강산 진달래가 저리도 곱고,

저리도 고운 우리 딸네들 눈빛.

* **좌청룡우백호** : 풍수지리설에서 말하는, 무덤의 주산에서 본 왼쪽과 오른쪽 산세

⟨2016. 3. 25(금). 새벽 1 : 46⟩

오 주 연

오늘의 고시가 누구?

백두산에서 나누어 가진 씨앗.
백두에서 나누어 가진 농심.
백두에서 나누어 가진 근면.
그때부터 이어져 온 땀 흘림.

그러고 보니 우리 농민 모두가
농관 고시의 손이네.
손끝에서 거름기가 흘러
만져만 주면 잘 크는 포기 포기.

골을 세우고 줄을 세우고 있으면
햇빛이 고루 들어와
곡식 포기를 쓰다듬고 얼러주지.

그렇게 익혀서, 그렇게 거두어
풍성한 가을.
풍성한 조국.
풍성한 꽹과리 소리.

킬리만자로에까지
벋은 우리의 자랑.
'새마을' 이 열려 있다.

〈2018. 2. 10(토).〉

백두산 마늘 농사

"곰을 사람 되게 한 약초다."
웅녀 할머니가
마늘 한 쪽씩을 나눠주셨지.
백두산에서 시작된 마늘 농사.

"심어서 가꿔라."
집집마다 마늘 한 포기.
그러다가 마늘밭.
마늘밭 사이로 길을 내고
노래 부르면서 이웃을 나들었다.

가을 거둠 마친, 늦가을에
웅녀 할머니 얘기해 가며
심은 마늘이

초록 잎으로 겨울을 난다.
여름에 거두면
김치에 마늘이.
양념에 마늘이.

건강에 마늘….

이 강산 어디나 백두산 기슭.
백두산 우리 흙이 안아주고
가꿔준다.

마늘을 가꾸려면 웅녀 할매 손을 닮아라.
그 흙에, 그 손으로
마늘을 가꿔 온 의성義城이란 고장.

거기선 지금도
백두산의 마늘 농사다.
마늘의 고장 의성!

* **의성(義城)** : 토질이 맞아서 마늘 생산이 많은, 우리나라 마늘 주산지.

〈2018. 3. 9(금).〉

말씀으로 낳은 산천

"이 강이 저 산을 돌아갔으면."
조화주造化主 할아버지 그 말씀에
강이 산을 돌아 흘렀다는 건
평창강 흐름을 보면 안다.

할아버지가 정한 산 높이,
할아버지 정해주신
골짝의 깊이로 산과 골이 생겼지.
산천의 모양이 정해주신 모양대로다.
보면 안다.

할아버지가 가장 공을 들이기는
금강산 만물상이다.
기기묘묘하게
할아버지 솜씨 껏.

한라산 높이를 일구오공1950으로 한 것이나
그 안에 백록담이란 물그릇을 둔 것이.
모두 조화주 할아버지 솜씨라.

산천의 꽃, 들꽃에서 색깔을 곱게 한 것,
하양 · 노랑 · 빨강 · 분홍으로
빛깔을 정한 것도 할아버지시다.

새들이 그처럼
여러 목소리로
지저귀게 한 것까지도,

철을 따라 세상이
모습을 바꾸게 한 것까지.

* **조화주** : 단군을 신앙하는 종교에서 말하는, 만물 창조의 능력을 가진 단군의 칭호.

〈2018. 2. 10(토).〉

가축의 역사도

멍멍개를 데리고 백두산에 오른 할아버지가
꿀꿀이 멧돝을 만났지.
"너도 멍멍이 애처럼 우리 집에 같이 살자."
"꿀꿀, 예 예."
그래서 꿀꿀이도 담장 안에 살게 됐지.
잡식이라 먹새가 좋아, 기르기가 쉬웠지.

"쟁기를 끌어줄 식구가 있어야겠어."
그 말씀에 산에 살던 소가
우리 가족으로, 쇠죽을 먹게 됐지.
"사람을 태우고 달리는 놈도 있어야."
그 말씀에 초식 말이 우리 식구 됐지.

할아버지가 멍멍일 데리고
또 한 번 백두산에 올라 꿩을 만났지.
"꿩아, 너도 멍멍이 애처럼 우리 식구가 되렴."
"아니, 우리 사촌 꼬꼬가 좋겠죠. 시간도 잘 맞춰요."
닭장에서 꼬꼬가 회를 치게 된 건 그때부터래.
날이 샌다, 밝는다. "꼭꼭 꼬오오!"

할아버지 손에서 시작된 가축도
백두산 가족.
산토끼가 집토끼로,
뺑뺑이 돌리기 다람쥐까지.

〈2018. 2. 1(목).〉

백두산에서 할아버지가

할아버지는 가끔 산에서 내려오셔
백두산족을 둘러보신다,
"잘 가꾸어라!"
그 말씀으로 타이르시며.

아기 잘 키우냐?"
"송아지 잘 키우냐."
그렇게 물으시며.

곡식 포기에게는 "잘 자라거라."
뛰는 연습 아기 노루,
나는 연습, 아기 새에게도,
"잘 자라거라." 그 소리 하시며.

구름에도 바람에게도
할아버지 음성이 들린다.
"비도 알맞게, 바람도 알맞게 해라."

요동 사천리를
홍안령 들판 구천리를 둘러보는
할아버지는 하룻길이 천리다.

"둘러볼 게 많구나, 많구나."
집집마다, 마을마다, 고을마다 나타나시어
타이르는 말씀은 딱 두 마디.
"알뜰히, 알뜰히!"

〈동인지 『이 한세상 17집』(2015)〉

정수연

백두산 며느리

고향에서 고추밭 가꾸며,
된장 끓이던 솜씨가 아직은 남아
길쌈하던 그 솜씨가 남아서,
아내가 다섯 손가락으로 물레 소릴 낸다, 씨아 소리도.

가버린 세월 속에서 베짜던 장단이
도토마리에 감기던 벳날,
바디집에서 풀리던 씨날이 보인다, 했다.

백두산이 마련해준 베틀에 보름새 비단, 여덟새 무명을
베틀 소리로 짱짱, 밤 새워 짜 별빛에 널고
베틀 노래 흥얼흥얼, 아침밥을 짓던, 초록 적삼의 내 아내.

마당가에 피는 감꽃과,
풋감, 익은 감으로 계절을 세고
바람의 온기로 날짜를 세던, 백두산 며느리.

백두산이 띄운 달을 밥상에 담아
아버님께 올리던 섬섬옥수.

아버님은 당신 눈으로 보시고, 드시고, 상을 물리며
"백두산 수박이구나. 남은 몇 쪽은 손자 놈들 줘라."

아내가 아버님께 올린 보름달이 수박이 됐더라지?
고향에서 전설이 될 거라는 실화다.
그래서 내 아내는 백두산 며느리.

"보래, 좀 보소."
백두산 며느리가 손을 내민다.
된장 끓이기에는 아직도 쓸 만한 쭈그렁 손.
"그래, 우리 나이가 몇이제?"
백두산에 같이 묻힐 일만 남았구나!

⟨2016. 2. 28(일). 의성문학에⟩

백두산 자락에 묻히는 기쁨

"자네를 묻네.
편히 잠들게."
그 말하며 몇 친구를

백두 자락에
묻고 나니,
다음이 내 차례라.

이제 빈손을 털면,
이 강산 어디에 묻혀도
그곳 아니랴.
백두 흙이라니 맘 놓이지.

조상님 곁에,
복 지은 흙에, 묻히는 기쁨.
여기에 더 좋은 안락처는 없다.

내 발치에는
내 일을 이어갈

후손이 있고,

내 가꾸던
연장가락으로
내 뒤를 가꿀 거라니.

기쁜 오늘이
신시神市의 한가운데라.

〈2016. 2. 27(토).〉

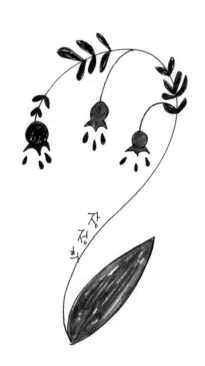

흙은 조상의 품

살만치 살다가,
백두산족 누구나 백두산 흙이 된다.
백두산에 뼈 심기는 확실한 영생.

내 살, 내 뼈 모두
백두산 흙이 되는 기쁨.
흙으로 사는 데에 기쁨이 있다.

나무가 나한테 벋어 온 뿌리.
"내가 돌봐야지." 하고, 영양을 주는 흙.
뿌리를 잡아주고, 줄기를 세운다.

흙이 되면 숲을 가꾸는 재미
숲을 가꿈은, 후손을 가꾸는 재미.
후손을 가꾸어 역사를 가꾸는 재미.
흙이 하는 일은 조상이 하는 일.

백두산에서, 백두산족 누구나
한 사람 빠짐없이

흙이 되었으니.

흙이 조상이요,
조상의 품이라!

〈2016. 6. 18(토).〉

차영미
2018. 5. 4

제 4 부

목 메인다, 백두산아!

참새들도 우리 말
우리 말로 우는 아기
배달 사람들
가슴 속, 우리 백두산
백두에서 시작된 것
천지라는 찻잔
백두산은 꽃다발
9천만 개 백두산
백두산이 띄운 달
백두산 소나무
9천만의 나
목 메인다, 백두산아!

참새들도 우리 말

고구려 땅에서 만난
참새가 우리 말.
쨋쨋 쨋쨋—.
한국서 듣던 우리 참새 말.

고구려 땅에서 만난
매미까지 우리 말.
맴맴 매앰—.
우리 여름에 듣던
우리 매미 노래말.

쓰르람
쓰르람
쓰르라미까지….

그래서 진짜
고구려 땅.

〈抗東北工程 시집 『동북공정 저 거짓을 쏘아라』 2013〉

우리 말로 우는 아기

연변 버스정류장
시끄런
중국 말 속에서
한국 말로 우는
아기를 만났다.

"엄마야 엄마야."
부르며 운다
엄마인 듯한 여성이
"조선족이에요." 한다.
아기 동포로군.

"엄마야 엄마야"
얼마나 얼마나
반가운 울음이냐.
우리 어렸을 적
엄마 찾던 목소리!

〈抗東北工程 시집 『동북공정 저 거짓을 쏘아라』 2013〉

배달 사람들

여기서도 배달 사람은
배달 사람끼리 모여 살거든.

온돌에 부엌 들이고
백두산을 향해,
백두산 야문 돌로 주추를 놓고,

옥수수는 두고
벼농사만 하는
억센 고집.

그래서,
밭둑은 말고
논둑길만 찾아가면 돼.
연변 땅에서
한겨레 찾기.

배달 사람은 어디서 살거나
장독간에 된장 담고
고추장 담고
장독간 둘레에

맨드라밀 심거든.

호박 덩굴이 기어다니는 울타리
그 밖에서
들여다보면 안다구,
장독이 있나 없나?

하얀 빨래 하얗게 빨아,
빨랫줄에 하얗게 널고
백두산 건너는 햇볕에
하얗게 널고.
바지랑대로 착, 공구어 놓은 집.

누렁이가 지키다가
컹컹 짖는 집.

그 집 앞에 가서
소리치라구,
"여기가 조선족 집이죠?" 하고.

⟨동시집 『달나라에서 지구 구경』 1996⟩

가슴 속, 우리 백두산

그것이 중요하다.
우리 하나씩의 가슴에,
구천만의 가슴에
우리 하나씩 백두산을 지니고 있다는 것.

가슴에 귀를 대면 소리 들린다.
첫할아버지 목소리다.
"어디 계시죠?"
"여기 네 몸속에 맥박으로 뛰고 있다."
이 목소리 알아듣는 게 중요하다.

더러는 익는 곡식 풍년 바람이 돼
가볍게 들판을 달리기도 한단다.
과일나무 팔 끝에 과일이 됐다가
꼬마들 놀이터 공깃돌이 되기도.

다시, 이 강산을 휘모는 통일 메아리가 됐다가
애국가 첫 소절, 그 자리로 돌아온다.
마르고 닳도록, 우리 정신은

할아버지요, 백두산이다!
그 생각이 중요하다.

지금이라도 우리 가슴,
가슴에 지닌 걸 꺼내 들면
구름 위에 솟은 높이다.

천지를 거느린 이칠사사(2744),
병사봉 꼭대기다.
아득한 그 높이!

〈2016. 7. 21(목). 밤〉

백두에서 시작된 것

고운 우리말은 백두산에서 시작된 것.
예쁜 우리 옷은 백두에서 시작된 것.
집 모양 기둥 모양도 백두에서 시작된 것.

우리의 씨앗, 백두에서 온 것.
우리 농사법도 백두에서 온 것.
우리의 연장가락, 백두에서 온 것.

씨앗을 나누고,
꽃씨도 나누어 심고,
손 모우는 일이 모두 백두산 시작이다.
그래서 내 있는, 여기가 백두산.

우리 소 털빛이 백두산 시작이다.
산새, 들새, 새 울음까지 백두 시작이다.
산천의 푸나무, 반딧불까지 백두에서 시작 된 것.

백두 시작을
먹고 입고 쓰는 곳

그래서, 여기 내 자리가 백두산이다.

좋은 사람 뽑아
마을 일을 맡기고,
이웃이면 사촌이라 부르는 것도
담 넘으로 나누는 다정한 인사법까지.

"꼭끼오!"
새벽닭 회치는 소리까지.

〈2016. 9. 18(일). 아침〉

천지라는 찻잔

백두산 천지가
한 개 그릇이라.

들여다보던 봉우리도
물그림자로 고여 있고
요동벌 흰 구름도 지나다 잠기는
그릇.

호랑이도
곰도
사슴도 와서
마시고 가는 물그릇.
재미있는 찻잔이군 그래.

고여 있기만 하면 뭘 해
들판을 적셔 고루 물마시게 해야지.
이 커다란 찻잔을 따르는 손은
우리 할아버지 큰 손이야.

한 손으로 찻잔을 잡고
달문 쪽으로 약간만 기울이면
쫄쫄쫄쫄….
개울이 돼 흐르다가
장백폭포에서
소리치며 내리뛴다.

—강이 되는군.
　고구려 땅 송화강이 되거라!

할아버지 말씀.

〈동시집 『대추나무 대추씨』 1999〉

백두산은 꽃다발

"부여는 백두산 꽃이었지."
그 말에 고구려라는 꽃이 나선다.
신라도
백제도 나선다.

우리말, 하나하나가
자기도 꽃이라며
백두산 꽃이라며 나선다.

한글이 같이 나선다.
"우리말이 꽃이라면
 한글 나도."

앞 뒷들 들꽃이 나선다.
"우리도 백두산 꽃이에요."
맞다 맞다,
백두산 자락에 핀 예쁜 꽃.

더 예쁜 꽃이 있지
자라는 어린이가
백두산의 꽃.

"백두산 꽃이다!"
소리치며, 달리는 꽃.

백두산은 크나큰 꽃다발이야.

〈2016. 9. 18(일).〉

9천만 개 백두산

우리 가슴에 지닌
우리 백두산.

"천지야,
출렁대지 마!" 하고
가슴에서 꺼내 더 작게 하면

주머니에 넣고 다닐 수도 있다.
백두산 너와 나는 한 몸.

주머니에 넣었다가,
애국가 부르면서 꺼내보는
백두산!

내가 그 안에 들어가면
쉼터가 되고,
밖으로 나오면 그 주머니의 주인.

애국가 부를 때면 누구나
하나씩 지니는 백두산.
그래서 우리와 백두산은 한 몸이다.

그래서 그래서,
우리 하나씩이
백두산이다.

9천만 개 백두산!
그 힘이 얼만가!

* **9천만** : 남북 8천만과 해외 1천만의 백두산족

〈2018. 10. 18. 『단국문학』〉

백두산이 띄운 달

백두산이 가꾸어주는 오곡
그 그루터기를 딛고 온
한가위, 그 밤에

백두산이
큰 가슴으로 띄운 달.
겨레의 눈이 달로 모인다.

수자리 보낸, 자식 얼굴을
달에서 찾았었지.
충군의 신하는
인군의 용안을 달에서 찾았었지.

오늘에 와서는
남북 이산가족이
흩어진 가족 얼굴을 달에서 찾는다.
그래서 옛적부터 달은 님이라.

"이루어 주소서."
달을 향해 두 손을 모은다.
계수나무 가지에 수두룩 소원이 걸린다.

저기에다 초가삼간을 짓고 싶다.
우리 양친 모셔다가 천만년 살고픈 걸.
달에다 주민등록, 옮기고 싶네.

모두의 가슴에 달빛이 차고 나면
달빛 속에서 꽹과리 소리.
달나라 달빛에도 넘치는 풍년

백두산이 띄운 달.

〈2015. 1. 20(화).〉

백두산 소나무

백두산에 이어진 우리 앞뒷산
앞산에 뿌리박은 억새가
백두산 풀인 것이 기쁘단다.

뒷산에 뿌리박은
도라지가.
백두산 도라지인 게 기쁨이란다.

이산 저산 흩어져 꽃을 피운
산나리, 원추리, 빨강 · 노랑 꽃들이
백두산 꽃인 게 자랑이란다.

벌은 기쁨을 춤으로,
나비도 기쁨을 춤으로.
새는 기쁨을 노래하며 어우러졌다.

백두산 산짐승은 곰과 호랑이냐?
사슴, 오소리도

멧돼지도 토끼도 있다.
기쁘단다.

떡갈나무도 백두산 나무인 게 기쁨이란다.
잡목을 거느린 소나무는 더 큰 기쁨.
애국가 제2절에
올라 있기 때문.

'남산 위 소나무' 가
백두산 소나무라.

〈2015. 1. 14(수).〉

9천만의 나

내가 내가, 둘이라면
형제를 삼지 뭐.

내가 일곱이라.
가족 삼으면 되겠네.

내가 3백 명이면
하나의 마을을 만들지.
똑같은 집, 똑같은 대문을 달고
똑같은 모습에, 같은 목소리.

골목에서 만나면 나누는 인사.
"나, 안녕!"
"나인가? 반갑네."

그래서 나다.
같은 핏줄
같은 언어
같은 역사

같은 국토,
그래서 나다.

그런 내가 10만이면,
하나의 도시,
그러한 내가 9천만이니 통일대국이다.

그걸 몰라서 이리 흔들리나?
남북 8천만, 해외에 1천만.
9천만의 나!

〈문예시대 2018 봄호〉

목 메인다, 백두산아!

백두산이라면 왜, 목이 메이나?
애국가 첫 소절에 목이, 왜 메이나?
우리의 시작이 거기이기 때문
우리의 삶터가 그 자락이기 때문.

피를 따라가면 이르는 거기.
역사를 걸어가면 이르는 거기.
포근히 안기면 젖줄이 거기.

내 소유의 다락논이 백두의 자락
백두산에서 받아온 씨앗을
백두 자락에서 가꾸며 산다,
포근히 잠들 수 있는 여기에서.

천만 번을 불러도 백두산은 어머니!
천만 번을 불러도 달래는 목소리.
그래서, 그래서 목이 메인다.

백두산이 우리를 부르고 있다.
언제 쯤 이 아픔이 지워질까?
그래서 백두산도 목이 메인다.

목메이는 우리!
목메이는 백두산!

〈한국현대시, 13집(2015 상반기)〉

제5부

백두산의 함성

고구려 땅 같이 걷기

압록강에서 만난 산맥과 나무 나무들이 같이
송화강松花江 지나면서 강바람을 모아,
다시 몇 천리 안중근安重根의 하얼빈 지나
잃어버린 땅이다, 너무도 많은 걸 잃었구나 하며
이 넓은 강토, 이 넓은 터, 하며
흑룡강黑龍江까지 걸으며….

길에서 만난 풀꽃과도 얘기하며,
우리를 돌이키며
눈물을 뿌리며….

우리 서로 나무숲과도 같은 발소리네, 하며
산천이 모두 부여의 발소리로 걷네, 하며
아니지 아니지, 고조선의 흙에서, 하며
이 흑토에서 오는 우리들 발울림이야, 하며

아니지 아니지 발해지 하며
발해가 고구려지, 하며
힘찬 발로 고구려의 발소리로 걷는다,

우리 역사를 같이 이끌고.

수수많은
고구려의 산과 강이 같이.
산과 강의 혼이 같이.

바라보니 고구려 땅,
고구려 하늘에 고구려의 구름이 같이
외치며 외치며 걷고 걷는다!

⟨抗東北工程詩 『동북공정 저 거짓을 쏘아라』 2013⟩

고구려의 지층

맨손으로 흙을 판다, 여기는 요동 땅.
피나는 손으로 흙을 걷어낸다, 맨손이다.
청나라 요나라를 걷어내면 그 아래가 고구려!
고구려 지층 여기저기서 뼈가 나온다.

요하 3천 5백리에 성을 쌓고
흥안령에서 닥치는 바람, 여기에 성을 쌓고
고구려를 지키던 손과 발과 무릎 뼈가 나온다.
지키려는 한 생각 때문에 잠들지 못하는 고구려의 뼈다.
오늘의 원한 때문에 더욱,
썩지 못하는 고구려의 뼈다.

성벽돌이 나온다.
고구려 장졸이 고구려의 손으로
손 모으고 소리 맞춰 날랐던
엄청난 이 바위가 성벽돌이었구나!

뼈에 묻은 함성이 나온다.
요동 성주의 목소리다.

요하 건너편의
적을, 산천을, 초목을, 강물을, 벌벌 떨게 했던
양만춘의 목소리다!

〈抗東北工程詩 『동북공정 저 거짓을 쏘아라』 2013〉

고구려만 갖고 있다면

고구려만 갖고 있다면 우리 모두가
"속상한 것 참세." 할 걸
"고구려가 있잖어?" 할 걸.
고구려 있으니 아웅다웅 않아도 되고
부동산 값도 안정이 되지.

동해에서 대륙 몇 천리.
봄이 오는 걸음걸이도 다를 걸.
익는 열매 익혀 놓고, 대륙 몇 천리를
가을이 가는 발소리도 달라.

바쁘지 않아도 넉넉한 하루.
아쉽다, 욕심이다 그런 말은 쓰이지 않을 걸.
세상 것이 모두 반짝이고 빛날 걸.
귀에 쏙쏙, 말과 말이 잘 들릴 걸.

사는 게 재미있어서
담배꽁초도 버리지 않게 될 테지.
아파트값 싸지고부터는 세계사람 모두에게

우리 마을에 와서 사세요, 할 걸.

우리 꼬마들 키가 더 잘 크게 될 걸.
"우린 고구려가 있다!" 하고
기가 살아났거든.
우리 텃밭까지 그 힘이 와서
토마토도 더 큰 놈이 여릴 걸.

〈국민시집 『노래하는 구지봉』 2017〉

백두산은 어머니

우리 기댈 곳이 백두산일 밖에.
우리 앉은 자리가,
백두 거긴 걸.
물 한 모금도 그 산줄기, 백두산 거다.

백두산에 기대어 마을이 있다.
백두산에 기대어 앞산이 있다.
백두산에 기대어 숲이 자란다.

기대는 우릴 안아주는 백두.
백두산이 안고 익힌 들판의 오곡.
백두산이 안고 익힌 과원의 과일.
백두의 햇빛, 바람이
단비를 몰아다 키운 그것.

그게 젖이 아니랴.
사랑이 아니랴.
백두산의 젖먹이 우리.
"엄마! 엄마." 부르면 대답하는 백두산.

백두를 덮고, 입고, 그 젖으로 지낸다.

안아주는 대로 안겨 있는 우리.
안아주는 그대로 안겨 있는 꽃 포기.

애국가 첫머리.
우리 백두산.

〈2018. 5. 18(금). 밤〉

남향받이 우리 집

백두산 산자락에
주추가 놓인,
남향받이 우리 집.

자좌子坐에 오향午向이라
안방, 아기 잠자리까지 햇볕 잘 든다.
담 밑까지 햇볕 잘 든다.
담 밑 꽃밭에 봉숭아 꽃빛이 곱다.

부엌간, 장독간까지 햇볕 잘 든다.
해님이 집안 살피기에 좋다.
암탉 알자리까지 응달이 없다.

계절이 갈아들면
마당가 대추나무 대추 열고,
뒤안간에 감나무 감을 익혀
조상 제삿상에 조율이시棗栗梨柿로 놓인다.

목화송이는 밭에서 거두고
누에 길러, 비단실은 집안에서 뽑는다,
집 둘레는 뽕나무.
안방에서 짱짱, 비단 짜는 소리.
남향받이 햇빛이 같이 짜인다.

* **자좌오향(子坐午向)** : 정남향
* **조율이시(棗栗梨柿)** : 제상에 놓이는 과일의 차례. 대추 · 밤 · 배 · 감

〈자유문학, 2016. 여름호〉

백두에서 외치자

우리들 목소리에 튼튼한 발을 달자.
골짝마다 메아리, 메아리를 모아서 발을 달자.
물소리 흐름에 발을 달자.

번갯불, 천둥을 모아서 발을 달자.
끓는 분노 모두를 꺼내 발을 달자.
염원에 기다림에 모두 발을 달자.

발굽 소리 내며 출발이다.
서로를 확인하고,
목적지가 어디지? 말 없어도 안다.

태백산 꼭대기에 이르러, 나눈 말.
"목적은 하나다!"
부전령에서 잠깐 쉬며 나눈 말도 목적은 하나.

여기 백두에 이르러
숲을 헤치고 천지 위 꼭대기 이칠사사(2744)에서
우리 역사 오늘에 서서 보면

저쪽은 요동 잃은 땅, 이쪽도 부여 잃은 땅.
다시 이쪽도 발해 잃은 땅.
잃은 땅에 붙은 분단의 반쪽!

모여 온 목소리에 끓는 분노가
우리 염원이
번갯불을 달고 외친다!

통일!
통일!
통일이다!

〈2016. 9. 9(수).〉

19. 2. 20
이금주

백두산 마을 된장국

백두산을 절반쯤 오르다 보니까
신의 도시神市 열렸던 주춧돌 곁에
개상반 놓고 된장국.
뜨끈할 때 맛보자.

백두산 흙으로 깜장 뚝배기.
백두산 콩으로 빚은 된장에
백두산 골짝물로 지은 밥을
백두산 산나물에 비벼 먹기다.

상추에 장아찌, 백두산 풋김치.
백두산 나무로 나무젓가락.
백두산 꽃 하나 따다 놓고
자, 맛보자 백두산 된장.

그릇마다 백두산 그늘이 깔리고
그릇마다 백두산 구름이 비치네.
둘러보면 봉우리 봉우리와 숲.
자, 맛보자 얘기도 해가며.

그때, 신의 도시 할아버님이
슬기의 곰에게 내린
마늘 스무 개.
그 마늘 콩콩 찧어 된장에 넣고
발해 바다 멸치도 몇 마리 넣고
보글보글 끓인 백두산 된장, 된장국.
자, 맛보자!

〈제12동시집 『달나라에서 지구 구경』(1996)〉

백두산 오르기

백두산 에워싸고, 우리
9천만 손잡고, 우리
백두산을 같이 오르자.

바라보지만 말고, 진작부터
높다고만 말고, 진작부터
오르고 또 올랐으면 올랐을 것을.

통일이 멀다고만 말고
그 길이 험하다고만 말고
한 발짝씩 나아갔으면 이르렀을 것을.

우리,
밀어주고 영차!
당겨주며 영치기 영차!
통일행진으로 백두산을 오르자.

산이 불을 뿜던 함성을
천지 호수 뚫리던 함성을

그대로 외치며
한 발짝씩 통일의 걸음을 걸어 오르자.

하늘이 처음 열리던 날
하늘로 이어진 길로
단군님 걸어 내리시던 오솔길.

내려다보면 신시의 골짜기.
산새는 우리 음악.
가문비, 푸른 숲
나뭇잎 손뼉 소리….

절벽에 피켈을 꽂고
2700, 병사봉에 밧줄을 감아
당기며 밀어주며 오르고 보니
요동벌 트인 바람 속
아, 통일이 오늘이구나!

〈제10동시집 『독도에 나무심기』(1994)〉

백두산 열리는 소리

신시의 날
웅녀 할매, 새알 같은 알마늘 스무 개와
아기 주몽, 닷 되들이 알과

혁거세, 나정의 박과 같은 알과
용성국龍城國 탈해의 꼬꼬알과
계림 숲, 알지의 꼬꼬알과

하늘 끈에 매달려 내린
수로왕 형제의 여섯 개 알과
우리 백두산족 태어난 시간을 하나로 이으면
무슨 소리가 날까?

"꼭끼오!"

알에서 깨어난 닭 소리다.
아침나라에서 시작되는 지구촌 하루가
새벽을 여는 소리다.
아침 나라 해 뜨는 소리다!

아시아 큰 땅에서
밤새 닫아 둔
백두 큰 산이 열리는 소리다.

"꼭끼오!"

일터로 나갈 백두산족 모두
잠자리에서 번쩍,
그 소리에 눈을 뜬다.

〈2016. 1. 29(금). 한국시낭송회의〉

백두산의 함성

창공에 서서
겨레 모두의 눈으로
백두산을 내려다보아라.

제일 병사봉에서 열여섯 준봉이
하늘을 향한 함성이다!
용솟음쳐 넘치는 천지의
시푸른 물이 또한.

뒤덮인 초목
자작나무군락 검푸른 깃발이
맹수의 포효가 또한.

부여 수천 리를
안고 흐르던 송화강의 시작,
용담폭포 낙수 소리가 또한.

그리고 그리고,
산맥 골짝마다 살아있는

그날의 항일 포성이,

"따따따따 꽝꽝꽝꽝!"
청산리의
메아리가 또한.

이들 백두산 함성 뒤에는
신무성神武城에서 들리는
할아버지 기침 소리가 있다.
"알아듣느냐? 어험 어험!"

＊ **신무성(神武城)** : 백두산 동쪽 사면에 있는 취락지. 신시시대에 단군이 신정을 편 곳
  으로 인정됨

〈자유문협 사화집(2018)〉

백두산 봉우리는

구천만의 근심을
안고 앉은 백두산.

근심 봉우리가 자라고 있다,
근심 봉우리가 제일 크다.
걱정을 쉬지 않는 백두산 할아버지.

"오냐 오냐!"
부르면 대답하는 할아버지.
우리 구천만의 가슴 속까지 다 안다.
그래서 애국가에 할아버지 이름.

"그러냐, 그러냐?"
9천만 명 이름이 한 봉우리.
베푸는 사랑이 한 봉우리.

"아픈 데는 없니?"
묻는 할아버지.
"가뭄 걱정은 없니?"

그렇게 물어보다가.
"수해 걱정은 없니?"
그 보다 더 큰일은 묻지 않는다.

할아버지 눈물 한 봉우리가 더 있다.
할아버지 웃음은 겨우 겨우
반 봉우리.

〈2016. 9. 17(토). 밤〉

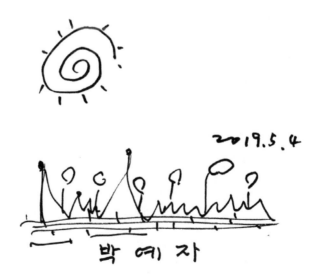

승리의 골짜기

1920년 구월.
역사의 아침에

일군 선두가 청산리 들머리에 들어서려 했다.
척후가 식은 말똥을 주워 보고.
"오래 전 거네." 한다.
잘도 맞히네. 우린 오래 전에 와서
총부리만 겨누고 있는 걸.

지나가도 좋다는 신호다.
드디어 적이 함정에 빠져 들었다.
기마병 · 보병 · 공병, 1만 명 적군이
80리 협곡에 들어선다!

적이 다 들어설 때까지
지켜보던 대대장의 신호탄이 꽝!
적군 사령관이 먼저 쓰러지고,
골짜기 이쪽 저쪽 쏟아지는 총소리.

급습에 쓰러지는 적,
총을 잡을 사이도 없다.
둘러볼 시간도 없다.
쓰러진 그 위에 쓰러지는 적병. 쌓이는 주검.

피웅 피웅 피웅….
다 다 다 다 다….
얼마나 기다렸던 오늘인가!

임진년부터 시작된 총알이다!
이것이 안중근의 총알이다!
그 많은 목숨, 의병의 총알이다!
구국을 외친 선열의 총알이다!

다시, 천수평泉水坪에서 기마병을 모조리.
마록구馬鹿溝에서 또, 1천을 죽이니
백두산이 움찔 같이 만세다!

* **천수평(泉水坪), 마록구(馬鹿溝)** : 백두산 지맥. 창산리전 격전지의 하나.

〈항일시집 『속 좁은 놈 버릇 때리기』(2015)〉

백두산을 같이 메고

에워싸고 바라보면
백두산은 한 송이 꽃이다.
꽃 한 송이를 같이 멜까?

9천만 우리, 대들어라!
어여차, 백두산을 들어서
저여차, 백두산을 같이 메고 발을 맞추면,

메기고 받는 소리, 우리 애국가
어여차, 백두산, 저여차 동해물….
산맥을 넘고 넘고 바다를 건넌다.

꼭대기에 출렁대는 천지가
그 위에 통일 염원을 얹고
출렁대며 그렇게 지구 한 바퀴!

백두산을 자리에 내려놓고,
하늘 우러러,
9천만 같이 땀을 닦다보니

하늘에서 종소리 두웅 둥….
하
하아,
통일의 그 종소리!
오늘이 통일의 그 날이구나!

〈농민문학, 2016, 겨울호〉

20세기 죄악에 대한 분노

이 백두산 연작은 내 민족문학의 일부로 창작된 것이다. 애국가 첫 머리가 백두산이요, 민족의 시작이 백두산이다. 백두산은, 내 민족문학의 중심이다.

그래서 내 초기의 동시집에서부터 조금씩 소재를 담아오다가, 우리 역사를 훔치려하는 이웃나라에 항의해서 쓴 제6 국민시집 『동북공정 저 거짓을 쏘아라!』의 전 작품에서 많은 부분에 백두산 그림자를 곁들였다.

그러다가 이왕이면 연작을 완성해보자는 뜻에서 이 시집을 계획하게 된 것이다.

우리가 약소민족이라니 당치도 않은 말이다. 남북 인구가 8천만이요, 해외 동포 1천만을 합치면 9천만이나 되는데, 얼마 있으면 1억이 될 민족이 어째서 약소민족인가.

우리의 국토가 작은 것도 아니다. 나라 살림이 세계에서 열 손가락 안에 들려고 한다. 세계 올림픽 3등을 한 나라다. 깜짝 놀라

게 시인이 많고, 시를 잘 쓰는 나라다. 우리는 대민족이요, 대국인 것이다.

그러나 우리는 분단이라는 중병을 앓고 있다. 분단으로 말미암아 세계 최악의 전쟁을 겪어야 했고 그 결과, 수백만 명 동족이 목숨을 잃었다. 이것은 분명히 세계사적인 사건이다.

그리고 이 분단의 역사는 100%의 원인이 2차 세계 대전에서 소련의 일 주일간 대일전 참전에 있었다. 소련이 일 주일간 대일전에 참전함으로써 우리 국토가 분단이 된 것이다. 그러지 않았다면 어떻게 분단이 있었겠는가?

그 원인이 만들어진 것은 1945년 2월 4일부터 11일까지에 있었던 얄타회담에서였다. 얄타회담은 소련을 대일전에 참전시키기 위한 미·영·소 연합국 수뇌의 전략회담이었다. 이 회담에서 합의된 것이 소련의 대일전 참전이었던 것이다.

그런데 소련과 일본은 1941년 모스크바에서 체결된, 유효 5년의 소일 중립조약 유효기간이므로 전쟁을 할 수 없었다. 그러므로 이 국제 협약만 지켜졌다면 한국의 분단은 없었다. 소련의 대일전 참전은 국제협약인 소일 중립조약을 파기하라는 것이었으며, 그 것은 국제적 약속을 어기는 것이었다.

이렇게 하여 1945년 8월 6일 히로시마에 원자탄이 투하되어, 이미 미국이 승기를 잡은 이틀 후인 8월 8일에 소련이 대일전 선전포고를 했으니 이긴 전쟁에 뒷북치기였다. 그리고 유효 기간 1년이 남은 소일 중립조약을 파기하고 전쟁을 시작한 것이므로 떳떳

한 것이 아니었다.

8월 15일 일본의 무조건 항복까지 소련의 일주일 대일 참전이 태평양전쟁 종전에 아무 도움이 되지 않았다. 태평양전쟁에서 며칠 간 뒷북을 친 것이어서 종전에는 전혀 영향을 주지 못했던 것이다.

소련에게는 러일전쟁에서 잃었던 국토 사할린과 쿠릴 열도를 돌려받는 등 막대한 이득을 얻게 되었고, 만만한 우리만 분단의 대 수난을 겪게 된 것이다. 피를 토할 일이라는 옛말 그대로의 억울한 일이었다.

나는 이러한 우리 억울한 분단사를 연구한 다음 얄타회담을 실수회담으로, 이름 짓고, 강대국 이권에 의한 조국 분단을 〈20세기의 죄악〉이라 이름 지어 시어로 써 왔다. 18세기에 폴란드 주변의 강대국이 힘없는 이 나라 국토를 3차에 걸쳐 분할하여 마침내 주권을 빼앗은 사실에 대하여 역사가들이 〈18세기의 죄악〉으로 이름 지은 데에 견준 명칭이다.

2019. 6. 7.

지은이

신현득 제9국민시집

목 메인다, 백두산아!

2019년 6월 18일 인쇄
2019년 6월 25일 발행

지은이 : 신 현 득
펴낸곳 : 대양미디어
펴낸이 : 서 영 애

서울시 중구 퇴계로45길 22-6(일호빌딩) 602호
등록일 : 2004년 11월 8일(제2-4058호)
전화 : (02)2276-0078
E-mail : dymedia@hanmail.net

ISBN 979-11-6072-048-8 03810
값 10,000원

이 도서의 국립중앙도서관 출판예정도서목록(CIP)은 서지정보유통지원시스템 홈페이지
(http://seoji.nl.go.kr)와 국가자료공동목록시스템(http://www.nl.go.kr/kolisnet)에서
이용하실 수 있습니다.(CIP제어번호 : CIP2019022470)